# 夕陽醉了

葉櫻、君靈鈴、藍色水銀、破風、曼殊 合著

Family Sky 天空數位圖書出版

# 目　錄


01　32 顆金莎巧克力 / 葉櫻　1

02　一碗包心粉圓冰 / 葉櫻　5

03　不融化的馬林糖 / 葉櫻　9

04　翱翔 / 葉櫻　13

05　今夜清光似往年 / 葉櫻　17

06　滾遠的那輪餅 / 葉櫻　21

07　那一年的沖繩 / 君靈鈴　25

08　四季的顏色 / 君靈鈴　29

09　曾經不懂的嘮叨 / 君靈鈴　33

10　躲避躲不了分離 / 君靈鈴　37

11　快樂過後的餘燼 / 君靈鈴　41

12　泡泡 / 君靈鈴　45

13　誰染紅了黃色西瓜 / 藍色水銀　49

14　好貴的紅蘋果 / 藍色水銀　53

15　橙色陷阱 / 藍色水銀　57

16　黑色內胎 / 藍色水銀　61

17 黑色沙灘 / 藍色水銀 65
18 橘色電吉他 / 藍色水銀 69
19 《動森》齊來瘋 / 破風 73
20 人生得意須盡歡 / 破風 77
21 做人要自私一點 / 破風 81
22 間歇性斷食 / 破風 85
23 低醣或生酮飲食 / 破風 89
24 吃油真的不好嗎？ / 破風 93
25 賞荷 / 曼殊 97
26 瑞芳之行 / 曼殊 101
27 芭蕉詩雨 / 曼殊 105
28 暫離台北 / 曼殊 109
29 田園之樂 / 曼殊 113
30 到淡水看海 / 曼殊 117

01

# 32 顆金莎巧克力

文：葉櫻

自高中開始，便養成了送禮物的習慣。聖誕節、新年乃至大考、團體報告，只要有名目，就會寫些卡片，買些糖果點心，送給親近的朋友或組員。而金莎是我常挑選的禮物，因為它華而不貴，又能輕易使人開心。

剝開金黃的包裝，最外層是甜膩的榛果巧克力，接著是薄脆的餅乾，中心則是包著榛果的香濃巧克力醬。金莎就像是精緻的俄羅斯娃娃，一口口咬下，不同層次的甜蜜在嘴裡蔓延開來，彷彿將愛情凝縮在小小的可可世界裡。

然而如此執著於送出金莎，或許還因為它曾在我蒼白薄弱的高中時期，記上了濃重墨彩的一筆。高中的第一個聖誕節，我真的如金莎電視廣告宣導的那樣做了，「用最珍貴的金莎對待生命裡最珍貴的人」。

那時我極其迷戀同班的一個女孩，是那種柏拉圖式的，當成完美的少女形象那樣喜歡著。她長的清清秀秀，氣質成熟，冰雪聰明，是我期待成為的樣子。我像是被太陽眩惑的向日葵，用各種拙劣的理由靠近她，去聽她喜歡的樂團，去了解她喜歡的書以及電影，試著抓住任何一絲連結。

是一種不為什麼的迷戀。可是整個人像是裹在巧克力裡，每天上學都暈呼呼地甜蜜著。

到了班上決定要開聖誕派對的時候，我的喜愛也膨脹到必須抒發的地步。於是我決定以聖誕節的名義送她禮物，對她送上實質的禮讚。就算沒有回禮也不要緊，畢竟聖誕節的意義乃是給予。

因而放學後，我便在全聯的每一條走道來回逡巡，手裡捏著五百塊鈔票，找尋著最適合傾訴情意的禮物。

便在巧克力的架子上，看見了那許多的金莎禮盒。幾十顆黃金般亮麗的巧克力安靜地躺在盒子裡，盛大地表露出珍重的情意。那時我想就是它了吧，雖然四百多塊對高中生來說略嫌昂貴了點，但最終我仍心滿意足地提著那盒惹人注目的巧克力回家了。

雖然聖誕派對超乎預期的久，直到放學都還沒有結束，但在她為了搭校車而不得不先走時，我終於鼓起勇氣，提著盒子追了出去，侷促不安地交到她手裡，祝她聖誕快樂。

晚上，我看到她發文，說她受寵若驚。第二天，她甚至送了我一個小小的薑餅屋，我珍重地捧著它，彷彿女神的贈禮。而很久之後，她說她一個人慢慢吃著，終於把那一大盒巧克力吃完了。

接著我們升上二年級，重新分班，我們的聯繫終於慢慢剝落。大學放榜後，我們更是相隔南北，心裡的鼓動終於沉澱了下來，歸於平靜。

最終，我也未曾長成如她的模樣，仍然羞赧、膚淺、有些自卑，也早就不愛吃金莎了。可每當我在便利店裡拿起金莎時，仍會讓我想起那年的羈絆與點點滴滴。

是那樣一段無疾而終，卻甜甜蜜蜜如同金莎的青澀情誼。

02

# 一碗包心粉圓冰

文：葉櫻

若說我最愛夏天的一點，那大概就是可以光明正大地吃冰跟喝飲料吧。幾年前，老家的火車站附近，開了一家冰店。店名取的花俏，叫做「台南東區焦糖煉乳包心粉圓」，也許是剛開幕不久的關係，總是排著長隊。惹得我像是好奇心重的貓，三天兩頭就吵著要吃一次新開的冰店，嘗嘗鮮。

父母是勤儉的一代，對他們來說，冰品跟飲料都是「身外之物」，一杯六十幾元的珍珠鮮奶茶已經等同一餐的價錢，而一碗一百多塊的文青雪花冰？那是年輕人花俏的興趣。雖說如此，但我知道他們其實也喜歡甜點跟飲料，所以我總是仗著么女的身分撒嬌，找各種理由，要他們陪我吃吃喝喝。

過了一個多月，當排隊人龍漸漸減去，我終於如願以償，帶了三碗綜合包心粉圓冰回家。迫不及待地掀開蓋子，看見煉乳跟焦糖在白冰上畫出格線，像是菠羅麵包，可愛可愛的，果然是受歡迎的賣相。

三個人圍著圓桌，各自開始挖自己甜蜜蜜的冰山。吃到一半時，才發現中間夾著麵茶粉，而更底下有著其他的甜料。這是我第一次在刨冰裡吃到麵茶，卻意外地美味，未曾知曉兩者會如此般配。

一勺勺地挖著冰，配著不著邊際的絮語。絮叨著這禮拜發生的瑣事，或是把看見的流行影片介紹給父母。我們一起盯著同一台手機，聚精會神，交換意見，像是親密年輕的宿舍室友。

然而三個人關在冷氣房裡，靜靜地吃冰，又讓我覺得時間好似從未遠去，我還是當年那個一吵鬧就能被滿足的小女孩，享有父母的全副關愛。

也許外人看來，我的大學生活實在太過死寂且單純的可以，彷彿提前老起來放著──回家與父母共度周末，跟狗玩，去公園散步，寫些東西，看看電影。偶爾激起的水花，便只有像這樣的甜品聚會，或是外出晚餐。和想像裡年輕該有的夏日完全是兩個模樣，沒有陽光、沙灘、朋友或情人，恬靜地幾乎像是早秋。

然而這份平靜卻讓我眷戀不已。說是幼稚也好，說是長不大也好，我的確愛惜能與父母經過的分分秒秒。這樣的生活就像乍看樸素的那碗冰一樣，看似寂靜平常，一挖下去，每一杓，卻都是滿滿的甜美與幸福。

03

# 不融化的馬林糖

文：葉櫻

第一次聽到馬林糖這個名字，我只煞風景的想到馬林魚。但這和旗魚或棒球當然都沒關係，唯一的共通點只有身為音譯的外來詞彙。之後我才知道，馬林糖其實就是蛋白糖的法語音譯。這種輕盈糖果的口感，總讓人感到神奇，我喜歡把它放在舌頭上，任它慢慢融化，那樣會有種喝汽水的感覺。這種純粹甜蜜的糖果，還有「天使之吻」的別稱，符合它給人的印象：小巧可愛，甜甜蜜蜜，像極了少女。

也非常適合少女食用。一次聚會，一個朋友從包包裡拿出四個袋子，分給我們一人一個。打開紙袋，裡面有一張卡片，還有一小包馬林糖。

「這是我跟媽媽一起做的。」她說，而我全然相信了她。畢竟這糖真是適合她，纖細如羽毛，甜美如蜂蜜。

回到家，我打開袋子，拈了一顆糖放到舌上。蛋白糖霜逐漸融化，像是純潔的雪花，將甜蜜輕薄地落在味蕾上。馬林糖總是這樣的，細緻溫柔，嬌貴非常，放著不管便會潮解變質。不由得覺得這糖真像是青春，或許也像是友情，終究會隨著時間潮解融化，最後只在空氣中留下一絲甜味，作為曾經存在的證明。

這糖彷彿某種預示，使我擔憂，因而便把馬林糖放進了冰箱深處，好似這樣就能阻止或改變些什麼。糖安靜地窩在冰箱的角落，看著其他食材進進出出，飲料甜食自由來去，自己卻定居了下來，再也無人問津。我也已經習慣了打開冰箱便看見那包糖，還是一個個小巧的擠花模樣，一點都沒有變。

上個月，姊姊回家來，在冰箱裡找到了那包糖，問：「這可以吃嗎？」

「那已經放好幾年了。」我說。只不過是做個紀念。

姊姊喪失了興致，我卻難得起興拿了出來，放在手上仔細端詳。一點也沒有變，都已經一起拍過畢業的學士照了呢，這糖卻活過了超乎想像的時光，就跟延長的友情一般不可思議。

然而，最近我卻復又擔心起，這被延長保存期限的關係，或許終將迎來消滅的結局。攻讀研究所的她開始實習，而延畢的我卻還在暑假期間，通訊軟體上的對話紀錄，也逐漸變成我單方面的洗版。擔心一直單方面的私訊會像是騷擾，會被討厭，卻更害怕若不這樣下去，會失去最後的一絲聯繫，最終鼓起勇氣再伸出手，糖卻早已融化了。

我像是不願意長大的小孩，緊緊抓著不放。可我也找不到一個足以凍住時間的冰箱，把時間凝固在最美好的年華。

捏著那包馬林糖，我想，如果開學前能夠約出來見一面，那麼那個時候，就換我去買一罐馬林糖，送給她吧。

# 04

# 翱　翔

文：曼殊

一聲悠遠的鷹唳在層疊山巒中迴響，隱隱有著超然的回音共鳴。一隻美麗而危險的蒼鷹，凌駕於重重蓊鬱之上，優遊於蒼穹之中，優雅卻又颯爽，恣意翱翔於萬頃之上，帶著傲氣與狂妄俯瞰世間。恍若青蓮亭亭，不沾染上一點紅塵，永遠那樣自由無羈，不為名利規範所拘。

翱翔，一種不可多得的浪漫，一種無拘無束的自由，一種讓人欣羨的美學，一種令人嚮往的哲學。然而在暗慕其不沾紅塵不慕榮利的時候，可曾想過，牠們的超然遺世，背後犧牲的是什麼，需要的心境又是什麼。

他們對世間自有另一種體悟與愛情，他們戀慕花鳥風月，大塊美景，舉盞提筆，撫琴吟歌。享受這個世間的秀麗之美，擁抱文化的藝術之艷。也許他們參透人生如寄，本如幻夢無所可執，是以甘於蔬食野飯，不羨山珍羅綾，不戀高官權位，只醉心體會世界之美，全副精神都在於自身所好，不理會旁人眼光，樂於並堅持，終於身軀輕盈，振翅舞於高空，舞出屬於自己的一片雲彩繽紛，而底下的人只得心中羨慕。

然而他們卻被人們罵倨傲癲狂，不能成一事。鎮日不刻苦努力，終究非經世致用之才，徒然狂客而已。他們不能迎合世間的陳規舊制，不見容於一般的價值。因此雖然表面或許受到人們關注豔羨的眼光，成為眾人追捧的對象，卻總有一批人，仍背地裡議論紛紛，譏笑他們無甚大用，徒然譁眾取寵。

然而有用無用，本就不能如此評斷。正如莊子的葫蘆一般，端看角度準繩為何。或許，風花雪月會更加喜愛這群不羈之人是有其道理：至少，他們的眼沒有被功名蒙蔽，能真真切切欣賞自己的美；心靈未塞滿俗世煩憂，還為它們保有一席之地。

這不也是一種生命抉擇嗎？那些議論的外人，心中是否也曾渴望效法，卻終究沒有勇氣踏出那一步，任憑豐滿的羽翼徒然乾癟折斷？是否也曾渴求過那片廣袤的蒼空，想要掙脫這些厚重的枷鎖，偶而也躍上青天，感受那誘人的無拘與輕盈？

但是，有太多人恐懼於不確定的未來，直到自認萬事具備之後，才終於試著學飛，卻發現自己的雙翼早已折斷。被自己的恐懼親手折斷，一輩子便再飛不起來。

我們曾經欣羨有人捕獲了碧綠的青鳥，卻不知道，自己就是隻青鳥，只須試著搧動雙翼，便能飛到湛青的天空中，為自己抓下一片幸福。

# 05

# 今夜清光似往年

文：葉櫻

人都說越長大便越社會化，套在我身上卻似乎不是這樣。我似乎越長大越羞怯，深怕做錯一點事、說錯一句話，就被其他人恥笑。雖然碰上不熟悉的同學、老師乃至搭話的陌生人，都能問候甚至聊上幾句，但對自小便認識的親戚，卻感覺越發生分，連對上眼都覺尷尬。也不是不愛了，只是一來已經不能如同小時候那般胡攪亂纏，只顧自己快樂的笑鬧，二來，從小雖然也常同榻而眠、遊玩讀書，但大家都已經上了大學，甚至步入社會有了工作，圈子疊合的地方逐漸縮小，也就更沒甚麼話題好講了。向來是個口拙膽小的人，只有在感覺安全的環境才能暢所欲言，和活潑大方的表姊表弟完全兩樣。

也許這就跟老師上課提起的一樣：現代人因為家庭構成單純，所以社會化、心智成熟的速度也減緩了。阿姨家三代同堂，從小就時時跟一大群親戚生活，人際交往也的確該是信手拈來。

雖然也覺得這是我自己的怪癖，但的確越來越不愛回阿姨家了。小時候總覺得那裏像是大觀園，甚麼事情都能讓我迷醉，現在面對親戚，卻真的像是只悶葫蘆，若非必要的回答，便只縮在角落看書、滑手機，希望自己不存在一樣。自知這樣絕非正常，也太生分了點，可正是因為從前幾可說是親密無間，而今突變成相顧無言，更讓我坐立難安、無所適從。

今年烤肉也是一樣。我坐在邊角上，看著其他人烤肉，偶爾滑開手機。小表弟倒是閒不下來，早早就買來仙女棒跟炮，在旁邊畫著煙花玩。雖然不敢玩炮，但小時候倒是會一起點幾根仙女棒玩。我們會跑到馬路對面，用仙女棒在空氣中寫字畫圖，嘲笑誰的最先熄滅，又比誰的最亮。然後，會一起抬頭找那輪滿月，一邊笑鬧說不可以，一邊還是爭先恐後地用手去指月娘。我們也曾經很大聲地背誦〈水調歌頭〉，並且為了究竟是「照無照」或是「照無眠」而爭論不休。玩累了，就跑回烤爐旁邊，嚷著要烤棉花糖，把輕飄飄的幸福大口塞進嘴裡。

而今夜並無人在意月亮。大家只是烤著、吃著，偶爾閒聊幾句，安靜的時候便低頭滑開手機。月早已是不希罕的了，棉花糖也是，擺著也沒人要吃。

我坐在屋簷下，看不見月亮，但今年的月應該也是同樣圓吧？歲歲年年，哪一刻的月亮不是圓的？月從沒改變，總是邀人千里共嬋娟。只是，也許人終歸是不能長久的，即使比肩，也再不會指著天空，背誦那亙古不變的詞了。

06

## 滾遠的那輪餅

文：葉櫻

學校附近開滿吃食店家的巷子裡，新開張了一個小攤位。老闆是兩個年輕女生，賣的是紅豆餅。雖然說是紅豆餅，卻都是花俏新潮的口味，金莎巧克力啦，蔓越莓乳酪啦，起司蛋啦，冰心卡士達啦，甚至還有榴槤口味，紅豆與奶油甚至根本沒在菜單上。

雖然幾乎天天經過，卻總也提不起勁來買一個吃。其實小時候倒是很喜歡紅豆餅的，小學放學的早，常常，父親就會騎著摩托車載我四處亂逛兜風，經過綠油油的田，經過小河，經過錯綜複雜的一條條無名小巷。也時常停在路旁，一花一木地教我認它們的名。那時每天最期待的便是這段時間，因為小，又不太認得路，兩個輪子便是帶我離開日常的鑰匙，完全不知道會往哪裡去，會看見甚麼風景，但也因此更加期待。彷彿自己是童話故事裡的公主，向著未知的旅途進發前進。

有時也會帶點伴手禮回家，那是另一個讓我喜愛旅行的原因。倒也沒有特別堅持要買甚麼，多半是隨興所至，路過攤販，便停下來買一袋。買過非常嗆辣的胡椒肉餅，也買過冰鎮煙燻的滷味，有時運氣好，還能買到棉花糖。但最常見的總是紅豆餅。也許是因為紅豆餅攤子特別多吧？又或是因為便宜且種類多樣？我不曉得，只是同樣吃得很高興。一顆十元，買一些紅豆餅，也買一些奶油餅，有時候還買兩顆芋頭的，全都裝在牛皮紙袋裡面，散發著潮濕溫熱的甜香。回家後拿出一個輪子咬一口，冒險的餘韻就被拉得長長的，讓我繼續在幻想的夢裡漫遊。

母親也喜歡紅豆餅。寒暑假最喜歡跟著當主任的母親去學校，母親在辦公，我就到處亂逛，或者看書。其實也跟在家裡差不了多少，但小孩子總是覺得出門比較好玩，也許孩子天生就嚮往著遠行，以此模擬未來真正的獨旅。

回程的路上，就會繞到萬丹的市場去，買幾袋紅豆餅。同樣是各買一袋紅豆跟奶油口味，交給後座的我，說不要摔了它們。我點頭應好，卻監守自盜，拿起一個還呼呼冒著熱氣的餅便咬。時常被燙得眼眶泛淚，卻知錯難改。滾燙的時候似乎更能襯托出甜味，就連錯拿到不那麼愛吃的紅豆餅，也覺得非常好吃。手上的車輪餅，跟腳下的四個輪子，就一起把我載到輕飄飄的、有糖有笑的遠方去了。

前幾個月，由於想起小時候的緣故，我終於到那攤位買了三個車輪餅。回到宿舍，便像小時候那樣莽撞地咬了一口，同樣傻氣地被滾熱的巧克力醬燙到了舌頭。可是不是小時候的那種味道呢。好吃的車輪餅，應該要是更豐滿的、更溫暖的、更顛簸的……。

我試著召喚那記憶中豐沛的糖分，然而車輪餅卻滾呀滾地，悠悠地消失在記憶的彼方了。

07

# 那一年的沖繩

文：君靈鈴

原本並不是預定要去沖繩的，只是遇上旅行社揪團不成通知退款，但因為假期已經安排，也就匆匆找了另一家旅行社看行程，然後選了價格跟日期都合適的地方，就是沖繩。

也因為並不是預定要去的地方，雖然是第一次去，卻意外沒有過多期待，在去之前就只是在想沖繩似乎就是個炎熱的地方，然後聽說沖繩人都很長壽，是個不錯的地方。

出發的那天除了母親與我之外還有一名同事，三個人去到機場雖然睡眠不足但倒是心情都頗佳，在機場四處遊蕩跟拍拍照，藉此度過等待的時間，然後就搭上飛機。

意外的航程很短，看著機上的空姐送餐送的倉促，吃的時候心裡還想著她們真辛苦之時，卻發現原來已經快到目的地。

接著是一連串繁瑣的過程，但出國不就是這樣，通過了這些才能體驗到出國旅遊的滋味，然而等出了機場卻發現，炎熱是炎熱，但不同的氛圍勾起了遊玩的愉悅，這一刻心情不由自主飛揚了起來。

沖繩不大，遊客卻很多，看著人們臉上都是雀躍的神情，讓人不禁想著接下來的旅程應該會很精彩，而後來也的確沒讓人失望。

美國村、玉泉洞、守禮門、古宇利還有初次體驗了日本式的祭拜方法，不得不說的確與台灣的方式相當不同，但卻別有風味。

藍天白雲與美不勝收的美景加上具有當地特色的美食，一切都很美好，甚至還看到了巨大的郵輪停靠在港邊，配著夕陽西下，微笑不禁浮上臉頰，總覺得時間若停留在那一刻，世界真是無限美好。

後來發現，如果時間可以停留在那一刻，確實是很好，因為在一趟愉快的旅程後，回來要面對的竟然是父親的離開，短短半個月的時間，在之前沒有任何徵兆的情況下，父親瀟灑的走了，那時看著他安詳的臉讓人感到心碎卻又莫名感到心安。

幸好，他沒有感覺到太多痛苦，在人生的最後他平靜的離開了，雖然心痛但總歸是捨不得也得捨得，沒有選擇權的我們，在那刻只能放手讓他離開，回到天空的懷抱，到另一個地方去恣意翱翔。

後來想起此事，雖然依然心酸但也慶幸一家三口本就感情極好，父親最後的平靜想必是沒有什麼遺憾，也就較為釋懷。

說來人生真的無常，意外總在不經意時到來，如何把握機會去活出真我不後悔，或是多花點心思去與家人相處，都是常被遺忘的環節。

有時候汲汲營營只想著賺錢卻忘了放鬆自己放過自己，有時候明知道身邊人終有一天會離開，卻總是忘了該多陪伴一點。

以後有時間再說，這樣的想法還是少一些，愛自己、愛家人的時間該多一些，畢竟我們無法預料，終點何時會到。

珍惜，是最美好的字眼，畢竟時光會從指間流逝，再也尋不回。

08

# 四季的顏色

文：君靈鈴

一年有四季，四季也各有不同風貌。不管是萬物復甦的春天、炎熱炙人的夏天、美麗如詩的秋天、寒冷沁心的冬天都各自有屬於它們的顏色。

有人覺得春天是綠色的，因為草木扶疏百花盛開，也有人覺得春天是粉色的，因為它是四季之初，讓人產生新的開始新的嚮往這種感覺，近而期待在這個季節能收穫一份甜蜜，但也有人覺得春天是紅色的，因為中國人最重視的過年就是在這個季節。

至於夏天，有人覺得它是黃色的，因為炙熱帶給人光亮的感覺，也有人覺得夏天是橘色的，原因大略與黃色大同小異，但也有人覺得夏天是水藍色的，因為徜徉在海水裡是夏天最痛快的一件事。

說到秋天，有人覺得它是藍色的，因為這個顏色常常被賦予憂鬱的形象，而秋天常被認為是個感傷的季節，不過也有人覺得秋天是楓紅的顏色，因為楓葉只有在秋天才見的到。

最後是冬天，有人覺得它是白色的，因為在既定印象中，這個季節定義就是寒冷，甚至會下雪，而也有人覺得它是黑色的，因為冬天的天總是黑的早，催促著人們回家的腳步。

然而，這看似亙古不變的四季不知何時悄悄有了變化，四季的界線似乎開始變得模糊，有人感覺明明還在春天，氣候卻已經像夏季那樣炎熱，而等秋天到訪後，也不見氣候有一絲轉涼直到冬天尾聲才開始有一點點冬天的感覺，然後四季又開始重新循環，一年復一年，然後人們開始不在意這件事，不去重視四季不分明的情況，不去在意四季界線模糊的原因，但這卻是個影響到所有人的問題，是個影響子子孫孫的問題。

其實很多人都知道原因，只是總認為自己不會遇到末日那一天，總認為時間還早，跟自己沒有關係，但不可否認地球暖化日趨嚴重的原因也不是在這個世代就開始，只是在這個世代慢慢加速了，然後新聞開始報導北極熊什麼時候會滅絕，地球兩頂端的狀況有多糟糕，很多生物都失去了棲息地，海平面也在逐漸上升，一切都在漸漸變糟，但因為不是被影響的第一順位，所以很多人都看過就忘了，沒有想到自己只要多注意一些地方，或許可以對這片大地貢獻一點心意。

當然，有些事只要發生了、崩壞了、坍塌了就再也回不去了，就像逝去的青春一樣，我們不可能搭上時光機回去當年那純真無邪的時光，但是我們可以延緩那逝去的速度，就像很多人靠運動、飲食、保養等方法來維持自己外表的光鮮亮麗般，對於地球我們當然也可以做點什麼來保護它別老化毀壞的那麼快，讓地球的美麗可以持續下去，讓四季的顏色亙古流傳永垂不朽。

09

# 曾經不懂的嘮叨

文：君靈鈴

一個轉頭，艾芬瞥見街邊一對男女正在拉扯，男孩看上去約莫十來歲，女性則大約四十歲左右。藉由男孩益發高亢的音量，艾芬得知原來那是一對母子，而男孩顯然嫌母親太過嘮叨囉嗦，正努力要甩開這對他而言太煩人的牽制。

看了好一會兒，艾芬並不意外最後男孩會大吼一聲「妳很煩」然後揚長而去，她在年少輕狂時也曾經那樣做過，自然當年揚長而去的她沒有看見背後母親失落又擔憂的眼神，就像現在不遠處那位母親一樣。

但這次艾芬看見了，不遠處那位母親的表情深深震撼了她，她在原地陷入深思，連對方離開了都沒發現，就這樣站在原地直到有人感覺她有點奇怪過來詢問她是否需要幫助時，她才回過神笑了笑說自己沒事，然後才離開那個地方。

只是回到家後，艾芬並沒有依照習慣去泡杯咖啡給自己，反而坐在沙發上，然後眼淚不自覺就掉了下來。

說實話，她想念那樣的嘮叨，因為她已經聽不到了，母親的逝去是她這幾年來最心痛的事，就算已經好幾年了，她還是無法從傷痛中完全走出來。

以前她總嫌母親嘮叨，什麼都要管，不管大事小事，總之只要抓到機會開口，她母親總會抓住她好好念叨一番，小至生活習慣大至戀愛交友沒一項被放過，她當時真的覺得好煩，很想趕快搬離家裡，只是沒想到在她搬離家之前，母親就過世了。

以前她不懂，為什麼母親什麼事都可以嘮叨，為什麼她做什麼事之前母親總要拉著她唸叨，說什麼怕她走錯路做錯決定甚至是遇錯人之類的，但她那時總認為自己已經長大成人不需要依靠別人也能自己做出良好的判斷，所以當叛逆期到來她開始反抗，開始不聽任何嘮叨。

然而後來出社會之後她才懂，原來能聽到嘮叨是好事，因為自以為已經長大什麼都懂的她，其實根本什麼都不懂，在新開啟的人生道路上跌跌撞撞，撞的滿身是傷，但回頭一望發現，想聽的嘮叨已經聽不到了，只剩照片陪著她度過每一天。

後悔無法改變一切，她懂，但她真的好想念母親的嘮叨聲，那是母親的愛，是母親想給予孩子最大的提點與保護，她現在懂了，雖然為時已晚，但她相信母親會懂她的，只是應該還是會在天上嘮叨她怎麼現在才懂。

思至此，艾芬突然感到扼腕，想起不久前那對母子，或許她該雞婆上前去說幾句話，雖然對方可能會嫌棄她甚至罵她，但她下次如果再遇到同樣的情況，或許真的會上前去說一句……

別嫌她嘮叨，她只是因為很愛你才嘮叨。

# 10

# 躲避躲不了分離

文：君靈鈴

安安年紀雖小但其實他隱隱也知道最疼愛他的爺爺就要離開了，但本來應該陪在爺爺身邊的他卻避過所有大人的視線躲了起來，因為他不知道該怎麼去面對這種情況。

死別這兩個字對才八歲的他而言很陌生，但就因為陌生所以他不想面對，即便躲起來的他後來聽到大家都在找他，他還是不願意出來，因為他感覺到好像如果自己現身了，那某件事就會走向終點。

不過，任他怎麼躲也沒用，不現身也不行，聽到哭聲開始此起彼落，他開始覺得害怕，絞著手指不知所措，驚慌失措全寫在臉上。

最後，終於被媽媽找到的他被帶來爺爺面前，看著爺爺那張蒼白的臉，還有那隻想摸他頭卻怎麼也舉不起來的手，他呆愣在原地，一股濃厚的恐懼瞬間向他襲來。

「安安，爺爺最疼你了，快跟爺爺說我愛你。」

忽然，一道熟悉的嗓音催促著安安，但他看著爺爺就是說不出口，臉慢慢脹紅不說，眼眶也漸漸泛紅。

有什麼要來了，他感覺到了，但是他發現自己沒有阻止這股力量到來的能力，好像只能任由這股力量帶走他最親愛的爺爺。

這樣的認知讓安安開始放聲大哭，撲在爺爺身上喊著要爺爺不要走，但人類是無法阻止死亡的，在那隻想摸安安頭的手終於如願以償摸到了，手就在瞬間往下掉，然後全部人當場跪下，除了還伏在爺爺身上的安安。

老人家安詳的走了，在所有子孫的送別下，去了另一個世界，死神的力量是誰也無法抵抗的，這一刻安安懂了這一點，因為他最愛的爺爺離開他了。

原來躲起來沒用。

原來不去面對也無用。

原來該離開的人就是會離開，而我們只能眼睜睜看著。

這幾句話一直在安安心中直到他長大成人，但隨著歲數變大經歷變多他對這三句話都分別給了下聯。

原來躲起來沒用，我們應該勇敢面對。

原來不去面對也無用，因為有些事的結果改變不了。

原來該離開的人就是會離開，而我們只能眼睜睜看著，但是我們可以在事情發生前多做一些不讓自己後悔的事。

「什麼是不後悔的事？」

安安的同事好奇的問。

「多撥出一點時間陪伴長輩們，多跟長輩們創造一些回憶，別讓長輩們離開時心中滿是空虛，我們可以輕易做到的事，別等到已經來不及才在靈堂前後悔自己當初沒有多陪陪他們，也沒有跟他們創造美好的回憶，因為如果這些事在他們生前都沒有做，以後他們不在了，我們能擁有的，就只剩回憶而已。」

是啊，安安說的沒錯，如果什麼都不做，等長輩們都不在了，那就會連回憶都沒有，這對雙方來說都是一種莫大的遺憾。

說愛要及時，當然陪伴也要即時，因為之後會只剩回憶這個最珍貴的寶物而已。

# 11

# 快樂過後的餘燼

文：君靈鈴

看著新聞上有幼小的孩子被拋棄、凌虐甚至死亡，心不禁揪了起來，在很多狡辯、藉口、理由的背後顯示的卻只有兩個字「無辜」。

孩子何辜？

懵懂幼小的他們不懂，降生到這個世界不是他們所能自由選擇，爾後被拋棄、凌虐甚至死亡也不是他們心之所願，應該被疼愛的小小人兒卻遭受如此對待，很多時候說穿了只是大人們逞一時之衝動，在情慾鋪天蓋地而來按耐不住內心的飢渴卻導致這些孩子們後來悲慘的下場。

孩子們可能到死亡的那一刻都還不知道不明白自己為何降生為何離世，就這樣帶著無數的問號到天上當天使，連詢問的機會都沒有。

哭、鬧、頑皮、搗蛋、沒有時間、不小心、只是意外、看不順眼等等，這些絕對不該是構成讓孩子們受創的理由，孩子會哭鬧或頑皮搗蛋都是正常，需要大人耐心指導安撫，而沒有時間照顧更不該是理由，既然當初恣意享受魚水之歡，那麼之後會有的結果也該勇敢承擔，至於不小心或只是意外那更是推託的藉口，只要真正把孩子放在心上，他們就不會受創那般深那般重，連魂魄離體的那一刻可能都還在想，到底為什麼？

說真的，明明有很多方式可以避免這樣的結果，但偏偏貪圖直接的快樂之人多不勝數，直到某一天看到出現兩條線時才愕然慌亂，這不正好驗證了「早知如此何必當初」這句話嗎？

男歡女愛帶來的快樂，在某些人眼裡是無可取代歡愉，閃避著不做防護措施，也只是為了讓歡愉之感更上一層樓，然而這些人在當時可能都不曾想過又或者是僅驚覺一秒卻又馬上掉落在慾望的漩渦裡無法自拔。

如果，自認無法承擔什麼，那就別讓遺憾發生，明明可以避免的事，別到發生了才慌張不知該如何是好，明明有兩條對錯很明顯的路可以選，那就請別硬往死胡同鑽，貪一時的快樂又或是屈服在對方說著防護措施不舒服的情況下，悲劇很可能就會在之後上演。

無辜的孩子令人心痛，渴望被疼愛的他們換來的卻是無止盡的毆打及凌虐甚至驟然離世。

他們還小，或許什麼也不懂，但早已長大成人懂得魚水之歡的成人們會不了解嗎？

真心希望這樣的新聞可以越來越少，甚至消失殆盡，別再讓無辜的孩子們成為快樂之後的餘燼。

12

# 泡　泡

文：君靈鈴

多麼渴望像兒時那般，撒著嬌睜著一雙大眼期盼地看著爸媽，然後從他們手中接過那一瓶可以幻化出七彩泡泡的罐子，接著旋轉瓶蓋打開呼一口氣，目光追隨著那一個兩個三個四個的七彩泡泡，然後綻放出幸福又燦爛的微笑。

只是那時沒有人知道，當時看著泡泡四處飄散，然後消失，竟然可能成為未來可見的一幕。

幼時的時光總是令人無限懷念與嚮往，可惜時光從不等人，就算再抗拒也會在歲月的催化下被推著前進，很快地長大了成熟了，回頭一望才發現自己已經不是當初那純真無邪的自己。

天真不再純粹的歡笑不再，埋藏在心底的夢想也如泡泡般在心中幻化出七彩光芒後卻倏地破滅，這時才發現進入社會這個染缸之後一切都不如自己所想，夢想被埋葬歡笑可能帶著幾分虛偽，在面對「現實」兩個字時轟然而破，不是不想完成而是有說不出的苦衷，但在夜深人靜時依然會想或許有一天夢想終能成，但那一天是哪一天卻沒有個答案。

一天又一天，一年又一年，掛著面具在染缸裡載浮載沉，偶爾想起心中那抹期盼卻又敗在現實兩個字前，夜深燈下看著窗外想著未來，卻發現心中希冀的未來竟如此遙遠。

總會有那麼幾次，想拋下一切逃離現實，不是不負責任只是單純想透口氣，給自己一點空間一點時間想想夢想，既然是「夢」想，那麼偷點時間做做夢也好，雖然在這一點點時間過後得馬上回歸現實。

然而，在所謂現實面前，是否該給自己一點光明，對於夢想實現的路途或許遙遠還無法觸及，但只是空想卻不試著去施行，那麼夢想就永遠只會是夢想。

勇敢一點吧，該從哪裡踏出第一步，該在何處著手進行，那就去踏出去進行吧！

就算進度緩慢就算覺得疲累就算覺得自己是在徒勞無功，也不該放棄，因為成功總是留給願意踏出第一步且努力不懈堅持認真的人。

別因為想起兒時那逗樂自己卻在轉瞬間消失的泡泡而感到恐懼灰心，這個泡泡消散了，那麼再重新鼓一口氣便是，想開了困難兩個字便會從眼前消失，取而代之的是逐漸步上成功的喜悅。

在夢想面前，此路不通那就換條路走，非是每個人都能幸運遇上康莊大道，但幽暗小徑也能抵達終點，只要別在途中的休憩站就停滯不前，迎接成功那天也就不遠。

# 13

# 誰染紅了黃色西瓜

文：藍色水銀

兩到三歲的小朋友，模仿能力一流，大人做什麼？他可以立即模仿，當年的我也不例外。

那是超過五十年的往事了，我的母親買了一顆小玉西瓜，切成兩半之後，切了一小片拿給我，第一次吃到西瓜的我，立即愛上這香甜的滋味，這味道真的太棒了，此時母親正在忙，我拉著小凳子來到廚房，踩著凳子爬上流理台，右手拿起鋒利的菜刀，左手扶著半個西瓜，朝西瓜切下去，沒什麼力量的我，除了切到西瓜，也把左手姆指的皮切掉一大片，還露出一點的骨頭，鮮血染紅了黃色的小玉西瓜，那傷痕已經跟著我五十年，仍隱約可見當年的樣子。

我哭了嗎？沒有！調皮的我根本不怕痛，血流如注的我仍然勇往直前，捧著剩下的西瓜拿到冰箱旁，放下後打開門，然後冰起來，接著拿起沾了血的西瓜，三兩下就吃光它，我現在還記得那特別的滋味，混著血腥味的小玉西瓜。

過了一會，母親開始做飯，打開冰箱後，赫然發現西瓜已被染紅，她轉頭看著我，我下意識把雙手放在背後，母親要我伸出手，那血還在滴，並且染紅了手掌、衣袖、褲子，這下我的母親才發現，我已經流了好多血。

生命是很脆弱的，但三歲的小朋友又怎會懂！媒體曾經報導，小孩在窗戶旁玩耍，開窗後掉落至樓下，當場慘死。還有一個小孩跟隨著母親身後，快步迎接剛下課的姊姊，卻被載姊姊的娃娃車輾斃。一個小朋友學大人抽煙，玩打火機，造成火災燒死自己。這些都是可以避免的慘劇，但因為我們的輕忽，造成無法挽回的憾事，身為大人的我們，都應該更注意自己的言行舉止，而且要時時刻刻盯著這個年紀的小鬼頭們。

為什麼法律要規定不可以將五歲以下的小孩單獨留在家中？因為太多悲劇發生了，我只不過是傷了小手，沒有闖下大禍，算是不幸中的大幸。而不良的言行舉止，非常可怕，我曾經看過滿口紅紅，吃了檳榔的五歲小孩，也看過一直罵三字經的小孩，難道他們天生就會？當然不是，他們必定是學大人的，而現在最可怕的浩劫，是大人跟小孩在搶手機用，這些小孩不知道手機對眼睛的危害，等到發現時，都已經近視數百度，萬一他們躲在被窩裡偷玩，不用多久就會造成無法挽回的永久性傷害，甚至失明，所以，請從現在就開始謹言慎行，尤其是家中有小小孩的人。

# 14

# 好貴的紅蘋果

文：藍色水銀

將近五十年前，台灣的各項物資缺乏，大部分的家庭，物質生活都不好，當時的我住在新社，家族以種植水果維生，有香蕉、葡萄、梨子、愛文芒果、枇杷、梅子、楊桃等，種類非常多，想吃就吃，只要將賣相好的留下，那是祖父的規定，他只賣給收購商最好的水果，於是，家族的水果價格都比較高，漸漸的，整個村都採取相同的策略，大家的收入增加，生活獲得了改善。

1980 年，我的父親被調派至台中市，我們一家四口也搬到台中，鄰居為了歡迎我們，送了兩顆大蘋果，當天晚上，由我父親削了一顆，全家共享。第二天，我跟母親到中山路的水果批發市場逛了一圈，問了三家水果行，得到相同的答案，昨晚吃的大蘋果，一箱五個，價格是 1800 元，以當年的物價來說，那比一個星期的菜錢還多，印象中，那時的排骨便當，一個是 30 元，也就是說，一個紅色大蘋果可以買 12 個便當，後來，父親從新社載了 20 斤的巨峰葡萄當作回禮。

當時不止是台灣，甚至全世界都開始走相同的路，不光是水果，連稻米、豬肉、牛肉、鮪魚、牛奶、冰淇淋都是，然後各行各業都邁入精緻化的時代，於是食、衣、住、行、育、樂皆然，所謂的高檔貨越來越多，身上穿的襯衫，竟然要價一萬多，那是我父親一個月的薪水，住的房子開始出現一坪上百萬，連同車位，竟然將近一億，最後，超過一億美元的豪宅也推出了，它的價值相當於目前的 150 至 200 億台幣，即便是現在，這種價格的房地產也不多，但當年的美國，確實曾經出現這樣的光景，而在車界，更出現一部超跑幾千萬，而且要等兩年才交車的奇特現象，這情形，一直到現在都沒有停止的跡象，目前最貴的超跑，價格已經超過六億台幣。

不管是多貴的東西，但，你確定一顆五克拉的頂級鑽石戒指、一張超過十億的梵谷真跡是你需要的？有了一條價值五千萬的祖母綠項鍊在脖子上，你就會更快樂嗎？又或者開著低底盤且懸吊超硬的超跑，座椅在凹凸不平的市區上下跳動，還必須忍受塞車，然後下車後腰酸背痛，停在路邊又擔心被刮傷烤漆，我不認為這樣的你會真的快樂！曾幾何時，人們迷失在追逐物質的享受，忘卻了自我，忘了什麼才是自己內心想要的，也許只是一杯濃醇香的咖啡、一份可口的餐點，還是能跟家人多一些歡樂的時光、跟愛人在沙灘上散步、在瀑布下放鬆且盡情吸收負離子？總之，順著你的心去追逐吧！

# 15

# 橙色陷阱

文：藍色水銀

酒吧裡，年輕貌美的小玉，正和一個男人在喝酒，小玉拿著一杯橙色的調酒：螺絲起子。「好好喝喔！我還要。」小玉就這樣一杯接著一杯，直到第七杯喝完，她似乎醉了，但其實螺絲起子的威力才正要開始。

第二天中午，阿三的房間裡，小玉在床上尖叫著：「你是誰？我怎麼會在這裡？」小玉拉著涼被，遮住她全裸的身體，阿三一臉無辜的回答：「難道妳都忘了？昨晚是妳自己跑來我對面坐下，說要我陪妳喝酒的，回來這裡之後，也是妳自己脫衣服，還有，是妳主動親我的，後面的事也一樣，都是妳主動的，我還有問妳，確定要做嗎？」小玉的右手摸著自己那顆快要裂開的腦袋，怎麼也想不起來，自己到底說過了什麼？又做過了些什麼？就像是當機的電腦，完全失靈，不會運轉。

鼎鼎大名的螺絲起子，出了名的邪惡，它好喝，容易入喉，根本不像酒，根本就是柳橙汁而已，但它骨子裡卻是高濃度酒精的伏特加，當酒味被果汁蓋過，很多人便被它騙了，尤其是最前面的半小時，根本喝不醉，但後續的酒力非常強烈，就算是酒量不錯的人，也經常栽跟頭。

許多詐騙手法也像是螺絲起子般，起初讓你覺得無害，但當你一步步走向陷阱，當你已經醉醺醺，狼爪才開始伸出來，這時候你已經無力抵抗，也可能被催眠了，於是鬼迷心竅的，不考慮價錢，就買了不算值錢的翡翠、玉石、莫桑石、模仿的畫作，也有可能是天價的保健食品，但吃了未必真的有效。因為你已經醉了，完全失去自主的能力。

少量或適量的酒，的確有益身心，尤其是正確的搭配食物，酒確實是很好，例如紅酒的丹寧酸，經過醒酒之後，配上五分熟的牛排，有助於製造血清素，讓人的心情愉快，不過，牛奶、乳製品、香蕉、海帶、堅果、蛋、雞肉等食物也都含有色胺酸，都能在體內製造血清素，也就是說，常吃這些食物的人比較不會有悲觀、憂鬱、退縮或失眠，甚至記憶衰退的現象。但飲酒過量時，會讓自己或他人陷入危險，也許失身、失財，也許把車子開進便利商店，把它當成自己家裡的停車場，又或者撞死別人，也把自己的性命賠上，總之，酒喝多了會誤事，後果難以預料。

# 16

# 黑色內胎

文：藍色水銀

住在苗栗縣通霄鎮那幾年，我讀國小二到四年級，弟弟尚在唸幼稚園，我的父親會在炎熱的午後，帶著我跟弟弟到海水浴場玩水兼消暑，母親也會難得的穿上泳裝，當一條美人魚。海灘上甚至浪頭上，留下了一家人歡笑的回憶，還有照片，直到搬家的前幾天，我才知道父親為什麼總是堅持帶著一條繩子，還有兩條灌滿空氣的內胎。

那是通霄國小的畢業典禮當天發生的憾事，午餐後不久，六個剛畢業的學生，相約到白沙屯海邊戲水。下午四點二十分，警察宿舍的社區一陣低氣壓，我的鄰居兼好友被大海吞沒，他失蹤了，非常不幸的，總共四個小孩死亡。那是我的人生中第一次失去好友，才十歲的我，不知道怎麼安慰好友的母親和哥哥，陪著他們兩人嚎啕大哭，不願相信好友已經走了。午餐前，我還約他要去河邊釣魚，他沒答應我，怎麼才幾個小時，他就永遠離開我了。

在台灣，平均每年超過四百人，因為玩水而溺斃，這個數據幾乎有越來越多的趨勢。人們因為這件事，一而再，再而三的付出慘痛的代價。四十多年過去了，我還記得好友的母親痛哭失聲的樣子，還有他的哥哥哭紅了眼眶，就在好友的房間裡，他拿著兩兄弟的合照，默默無言，非常傷心。

剛退伍時，總喜歡去溪流中釣魚，有一次，我站在大石頭上釣魚，忽然聽到上游有怪聲，我連忙叫隨行的同學快上岸，兩人花了不到十秒到了岸邊，緊接著是土石夾帶著樹葉與樹枝的大水，再遲兩秒，我的同學就會被山洪暴發沖走，抬頭一看，上游的方向烏雲密佈，不知已經下了多久的雨了，而下游還是大晴天，兩人四目相對，默不作聲，好險我的同學沒事，不然該怎麼對他的家人交待。但不是每個人都這麼幸運的，有些人在這種時候，還會想要收拾身邊的物品才離開，或是猶豫了幾秒，還是楞了一下，那裡知道短短幾秒鐘之內，腳下清澈的溪水，會瞬間變成奪命的泥流，僥倖逃過一劫的人，可能會眼睜睜看著自己的親友被沖走，留下一輩子都難以抹滅的可怕記憶。

還有一種可怕的意外，下水救人卻滅頂，本來沒事的人卻慘遭橫禍。所以在下次找親友在溪裡玩水時，一定要時時注意上游的天氣，並找一處可以快速上岸的地方玩，也一定要帶一條繩子，最好繫上一條救生圈，以備不時之需，跳水救人的事，最好還是別幹，那真的太冒險了。

17

# 黑色沙灘

文：藍色水銀

八歲那年，父親因為調職，我們再度搬家，這次來到了苗栗縣通霄鎮。這時的海水浴場，天天都很多人，當夏天過去，吹起蕭瑟的秋風時，傳來一個可怕的消息，一艘油輪在外海翻覆，原油開始外漏，污染了海水，最後連沙灘也不放過，最可怕的是造成海洋生態的浩劫，聽說那陣子捕獲的魚蝦根本不能吃，濃濃的油味，直到數年後依然如此。

這樣的事，在世界各地一再重演，對人類自身的影響是漁獲變少了，品質變差了，但深層的影響是生態系統被摧毀。沒錯，我用的形容詞是：摧毀。海鳥身上沾到油而飛不起來，因為它們無法將黏稠的原油清理乾淨，注定了即將死亡的命運。海豹、海狗、企鵝的身上也有同樣的痕跡，連帶的魚蝦都死了，因為它們的食物浮游生物也死了，珊瑚更不用說，全死光了。這是災難，除了油輪本身是加害者兼受害者，其他的對象全是受害者，然而，人類依賴石油的程度卻與日俱增，於是，受害者越來越多。

現在，每個國家都需要石油，沒有人願意得罪產油國，所以人類選擇漠視石油帶來的一切災難。事實上，陸地上的輸油管也闖了不少禍，油井也是，但因為大家都需要石油，所以不論石油闖了多少禍，製造多少災難，人們總是睜一隻眼，閉一隻眼，甚至乾脆跟鴕鳥一樣，把頭埋進沙子裡，視而不見。這讓我想起了羅大佑唱的鹿港小鎮：家鄉的人們得到他們想要的，卻又失去他們擁有的。這世界病了，全都因為石油。

除了上述這些，石油的副產品同樣到處肆虐，塑膠袋、寶特瓶、保麗龍、各式各樣的塑膠產品，污染了大地、河川與海洋。當塑膠開始分解成塑膠微粒，進入食物鏈，被我們吃進肚子裡，不知不覺中，我們也成了受害者。甚至有些不肖商人，還把這些物品直接運到大海中倒下去。我們的無知，正在摧毀自己後代的生活環境，更多貪圖眼前利益的人，正一步步摧毀子子孫孫賴以生存的地方：地球，我們只有一個地球，當它毀滅了，就什麼都沒有了。

當舉目所見，全是塑膠製品時，我知道，說得再多也無法改變了。電視外殼、螢幕外殼、電腦鍵盤、喇叭外殼、手機外殼、鬧鐘、搖控器、原子筆、藥盒、墨汁外殼、整理箱，我可以再舉一百種塑膠產品。我無奈的寫下這篇短短的文章，只是希望人類面對塑膠產生的問題，想辦法解決，將傷害降低，留給後代一個乾淨的地球。

# 18

# 橘色電吉他

文：藍色水銀

學生時代，愛上了音樂，除了許多零用錢，甚至不吃飯也要擠一點錢出來，為的就是買錄音帶，那些喜歡的音樂。最後，連在暑假打工的錢也全砸了進去，三百多卷錄音帶大約值五至六萬元，當時的我，把音樂看得比什麼都重要。

後來，又買了一把橘色的電吉他、音箱、效果器及相關器材，一共花了一萬七千元，那是暑假期間，在補習班打工了四十天的代價。接著開始瘋狂的練習，練到手指長繭了，最後痛到連弦都按不下去。可是吉他社的同學們開始砸錢買很昂貴的吉他，我這才明白，不是自己的練習方式有錯，也不是技不如人，更不是偷懶，問題出在吉他太爛，但我沒辦法接受那麼貴的器材，於是退而求其次的開始練習木吉他，也在學校的音樂晚會上表演自彈自唱。

年少時的輕狂，找了幾個志同道合的同學，想要組織一個合唱團，可惜一直無法如願，好不容易找到了鼓手，他卻騎機車撞上貨櫃車，當場慘死，畢業後，同學都四散了，漸漸的，這個夢離我越來越遠，終於遙不可及。當時創作了一些歌，也因為幾次搬家而弄丟了，這下，音樂夢算是徹底碎了，幾十年後的我，還是會天天聽音樂。

要完成夢想，有時是非常困難的，經濟、時間、家庭、工作都可能是壓力的來源，為了生活，只能先將夢想擱置，擺在心裡深處，再拿出來時，也許已經年過半百，或是已經無法實現。就像我曾經苦練一年的籃球一樣，身高的不足，身體爆發力、體力、彈跳力也輸人一大截，最終只能當成是興趣，偶爾玩玩。

十年前，數位相機的成熟，讓我有機會使用大量快門數練習拍照，十八萬次的快門，操壞了一台類單眼，讓我基本功算是蠻紮實的，接著買了單眼，瘋狂的拍了三年，幾乎每兩天就出門一次，每次都拍五百張到一千張。幾年前，全世界最大的攝影比賽網站 Viewbug 誕生，我的作品終於有機會在不同國度被世人欣賞，也能和全球頂尖的攝影師公平的一較長短，拿下了一百多次的小型比賽冠軍，和十多次大型比賽的百名之內，或許還有不小的進步空間，但已經超過自己的預期許多，我並不會因此自滿，我知道，未來的自己還需要靠什麼去進步。不論現在的你，想要成就的是什麼？全力以赴去做就對了，幾年後，你會發現努力絕不會白費，不論是否達到理想，你都會慶幸，自己曾經多麼努力的追夢。

19

# 《動森》齊來瘋

文：破風

武漢肺炎期間，人們被困在家，研究指在隔離期間玩線上遊戲遊時間增長 2 成，電玩《動物森友會》(下稱：《動森》)賣個滿堂紅，SWITCH 鬧機荒，任天堂股價狂升 30%，看來會為「遊戲人生」重新下註腳。

一句話概括《動森》的玩法：「一個人在「無人島」上一無所有，看來沒甚麼可做，但又甚麼都可以做。」特點是遊戲內採取真實時間，即遊戲過一分鐘，也是現實世界的一分鐘，而且沒有任務要做，沒有壓力、競爭，更不用過關打 Boss，嚴格上就是一款「佛系」遊戲，那麼，它大受歡迎的原因是？

或許是「遊戲人生」，當你在現實感到無奈時，你會在遊戲內主宰自己的人生，做甚麼都可以，不做也不會「死亡」。舉例說，當你晚上登陸時，有時會看到流星，也可以向它許願，大前提是當流星劃過天空，你必須放下手上的生產工具，意味著要求你甚麼都別做。人生不該只顧賺錢，有時也要享受其中。

而且，遊戲內與其他人的互動是引人入勝之處，我曾經遇上一個義大利朋友，他不似台灣玩家一樣，只是來我的島上「搶奪」物資便轉身離開，而是到處走走、看看，又來我的「博物館」欣賞昆蟲，最後我們在聊天功能談了幾分鐘。島民要在島上抓蟲、釣魚，但可以捐到「博物館」。館長會問你要不要聽講解，然後了解自然知識，才開始遊覽，與玩家建立真感情。

《動森》沒強迫玩家建立社交，一個人也可以好好的過，小動物各有性格，說話都不同，牠們會說看到彩虹想到我，然後寫信給我，甚至給我寄個小禮物。我們前往虛構世界，未必是因為我們不能應付現實世界，而是我想選擇一個比現實更接近理想的世界，而且它是平等公平，每個人都有機會創造地位與財富，做不做「樓奴」都是個人選擇。

加拿大 OnlineCasino.ca 的研究設計出電玩成癮者，20 年後的「模擬人型」，命名為 Michael，他因長時間坐在椅子而嚴重駝背，睡眠不足而出現黑眼圈，長時間缺乏運動而皮膚死白，用太多鍵盤而手指有水泡...即便成真，相信現代人仍會沉迷其中。『你怎麼可能活著一種沒有故事可說的生活？」杜斯妥也夫斯基在《白夜》寫道，因為我們都想有故事可說。

20

# 人生得意須盡歡

文：破風

李白先生金句：「人生得意須盡歡，莫使金樽空對月」，意謂在開心快樂時，就是好好的暢飲一番。同時，也有范仲淹先生金句：「酒入愁腸，化作相思淚」，就是喝酒會使人流淚，就是更傷心。其實正正就是自古以來的金句：「酒入愁腸愁更愁」。

到底人應該在心情好的時候喝酒？還是心情不好的時候喝酒呢？開心時就說好好的喝，去慶祝一下。在不開心時，就說要借酒消愁，麻醉自己。

據說小酌幾杯，有助新陳代謝，促進身體健康。有趣的是，這問題來了，似乎喜歡喝酒的人，都愛不醉無歸，喝了一杯後，總無法停下來，導致每次喝酒都要喝到爛醉，這情況應該有礙健康吧？

我一向不愛喝酒，真的不懂得欣賞酒有何吸引之處，喜歡喝酒的朋友，應該可以寫幾千字的文章來分享，酒的優點或享受之處，甚至乎是酒的種類，每一種酒的特性，都隨時可以如數家珍般一一道出。

但對於不愛喝酒的人，只就有一種酒，那就是酒，沒有任何不一樣的，喝酒會醉，任何一種酒喝進人的體內，只要達到某一個容量，人就會醉。

在這裡也不用分辨酒到底是好喝？還是難喝。但我個人就認為酒真的很難喝，沒有必要的情況下，我也不會喝一口酒。除了一些應酬或工作需要外，我可以說得上是滴酒不沾。

除了覺得酒並不好喝，並且覺得會影響健康，更甚的是會影響個人，如喝醉酒可能會亂說話，說出一聲不應該說的話，情節嚴重的，例如是耍酒瘋，亂性後的胡作非為，真的是時有所聞。現代人，還有酒駕的問題呢！酒駕不只是個人行為，事實上是馬路上的意圖謀殺。

以上種種理由，都使我沒有興趣喜歡喝酒，更甚的是，心情不佳的時候，喝酒只是短暫麻醉，就算那一刻，完全忘掉了悲傷，但在酒醒時呢？一切回歸到原點，就像夢一場，任何事情都沒有改變過，不開心還是不開心，悲傷還是悲傷。

至於在慶祝時，或開心時，也會有人喝酒慶賀的，這時的心情開朗，大吃一頓，或喝任何飲品，甚至乎只喝水，還是很興奮的。喝了酒後，並不覺得特別開心，一不小心，還會弄巧反拙，釀成悲劇也偶然發生，所謂樂極生悲。

這樣的話，喝酒的好處何在？

21

# 做人要自私一點

文：破風

看到這題目，可能大家認為，怎麼可以這樣說，這樣不就是誤導大眾，影響社會嗎？事實上不是這樣解讀的。

所謂做人要自私一點，前提是在不影響到別人的自私。意思是，有些令人討厭的自私行為，當然不能做。例如，你家門前很多垃圾，你二話不說，把垃圾掃到鄰居家，這就是不可取的自私行為。而事實上，世間上還真的很多這類的自私人類。

而我所講的，不影響別人的自私行為，是指在你許下的範圍下才去幫助別人，若真的無能為力，不要太勉強，也不應付出太多犧牲去成就別人。當你只有一塊麵包時，連你自己也吃不飽，怎樣能夠分一些比其他人呢？

能夠熱心助人，當然是一個好人，但如果犧牲自己太多，去幫助別人，可以說很感人，但同時，也可能只是一個傻瓜。雖說施恩莫望報，但世途險惡，這個年代，也不一定是好人有好報，很多人在你幫過他之後，卻不知何故變成仇人。這個恩怨情仇當然不在本篇的範圍內，事實上，這種人卻真的為數不少。

本篇主題是說做人要自私一點，暫不離題說幫人的後果。在不影響別人的自私，要幫人我先量力而為，在有可能的情況下協助對方。走到街上，絕不會做出影響別人的事情，但依然故我。例如我穿什麼衣服、什麼樣的裝束，只要不是出席一場特別場合，我都可以自我中心。當然，你不能因為喜歡穿紅衣服，因而出席朋友家的喪禮，這就是影響到別人了。

有些高級餐廳，或隆重的演奏會、舞台劇等，都會有衣服的穿著要求，若你遵守規定，這種自私行為，當然不行。但你逛街，坐車，是自己的時間，參與自己的活動，無論穿什麼都可以！

其實這也引申到，我引申到我從不抽煙，除了抽煙無益外，那股氣味確實難聞，更甚的是，還要強迫別人分享你的二手煙，這種更是絕對令人討厭的自私行為。

還有不少例子，如開車要遵守規則，更不應酒駕，停車不要亂停，這已經是很好的行為了！也已經是幫人的一種。像開車這話題上，只要走在路上，就不能有自私行為了！因為每一步都受著規範。

話還是說回來，只要不影響到別人的自私，用這樣做人的態度，應該會是活得很開心！

# 22

# 間歇性斷食

文：破風

不知道從何時開始，人類每天固定吃三餐，甚至四餐，更有一派說要少量多餐，然而這些可能都是錯誤的吃法，以下要談的方法，可能很多人無法接受，甚至有些醫師或營養師也不願意承認這樣吃才正確，這就是近年來流行的間歇性斷食，國際級期刊 NEJM 亦大力推薦。

會接觸這樣的飲食方式，只有一個原因，我得了白內障，眼科醫師說可能是糖尿病引起，所以我隔日就安排空腹體檢，血糖值 347mg/dl，糖化血色素高達 10.7%，醫師建議我立即注射胰島素，否則會有生命危險，也就是說我已經是糖尿病患，但我拒絕了這樣的治療方式，而採用了間歇性斷食加上低醣飲食的方式，效果超過醫師的預期，也讓當初抽血的護士瞠目結舌。

所謂間歇性斷食就是每天超過 14 小時不吃東西，最好是 16 至 18 小時不吃，這期間只能喝水、無糖的咖啡、無糖的茶等，進食的時間控制在 6 至 8 小時內，通常是一日兩餐，兩餐的時間壓縮在 6 至 8 小時內，也就是常看到的 18-6 或是 16-8，最容易成功的就是只吃中餐跟晚餐，幾乎每個人都能輕鬆辦到，其餘更長時間的斷食並不建議，孕婦、未成年、嚴重腎臟病、先天性糖尿病患者不適用。

這麼做的原理其實很簡單，吃完飯後，身體需要七小時以上來消耗體內肝醣，7-10 小時後才會開始燃燒體內的脂肪，如果吃三餐，就容易囤積脂肪，間歇性斷食可以增加燃燒體內脂肪的時間，可以輕鬆達到減輕體重的目的。但其最大的優點並非減重，初期的白內障

（糖尿病造成）可以被完全治癒，糖尿病患者可以在 15-20 天內達到血糖值 100mg/dl 以下，糖化血色素高達 6%以下，約兩個月，就可以恢復健康，不只是糖尿病好了，血壓、三酸甘油脂、尿酸、低密度膽固醇的數字也會更趨向健康。而所謂的胰島素阻抗也會治好，吃飽飯就想睡、肩膀緊繃的問題都會消失。

當然，這麼吃也有缺點，必須補充足夠的電解質，沒有補充的人會出現頭痛、噁心、肌肉抽筋等症狀，而它必須搭配低醣或生酮飲食，不是人人都能自律，依照時間、食物去進食，當然也就達不到效果。而它有一項作用是非常棒的，就是細胞自噬，講白話就是人會變年輕，不過細胞再生有次數限制，即海佛列克極限，一直在使用這種方式的人，當達到了極限時，會開始變老，而且細胞無法再自噬，雖然目前沒有大量的實驗數據，但從一些既有的個案找出共同點，這樣的結果並不讓人意外，但別擔心，現在已經有很多的資訊，讓我們可以避開缺點，只取其優點。

23

# 低醣或生酮飲食

文：破風

搭配間歇性斷食的飲食方式有兩種，即低醣或生酮飲食，這兩種飲食各有優缺點，不同的人適合不同的方式，前者適合普羅大眾，後者只適合極度自律的人，否則很容易半途而廢，既然容易失敗，何不使用較容易成功的方式呢！？

先說說我從前大錯特錯的飲食方式，我喜歡加糖的奶茶，配上鬆軟香甜的蛋糕、酥脆的餅乾、甜甜的炸彈麵包；看到西瓜，就忍不住大口吃，動不動就是二到三斤；大部份都是澱粉的咖哩飯；一口可樂一口洋芋片；夏天狂吃芋頭牛奶冰，難怪我會有糖尿病啊！要戒掉這些談何容易，為了健康就勉為其難吧！在戒掉醣類的誘惑之後，其實已經對這些食物沒感覺了，它們已經不再那麼誘人。

低醣飲食其實很簡單，蔬菜的量加倍、肉的量也加倍（含動物性油脂越多越好），米飯、水果等任何會轉成醣的食物減少至原來的三成，久而久之，就會不想吃米飯、麵包、麵條，只在飯後吃水果，例如半根香蕉，既可得到足夠的醣（碳水化合物），也可補充鉀離子，而進食順序，只要將碳水化合物放在最後，也就是說不要先吃飯或麵，這樣可以得到更好的效果。至於計算熱量則大可不必，吃了一陣子，身體自然會適應，吃到稍微撐就是最佳狀況，不會增加體重，當然也不會減少，想減肥就搭配運動比較有效。

生酮飲食是針對能夠極度自律的人，因為它有太多禁忌，這也不能吃，那也不能吃，搞到最後可能會失控，然後報復性大吃，造成前功盡棄。從字面上來看，就是要讓身體產生酮體，進而達到燃燒體脂肪的目的，但既然低醣飲食就能夠進入所謂的酮體，又何必選擇幾近自虐的生酮飲食呢？是否進入酮體其實很容易判斷，那些糖尿病會造成的問題都會全面消失，不再容易疲勞、飯後想睡、注意力不集中、腰酸背痛，就算不喝咖啡，也可以精神飽滿的完成工作，或是只要喝一點點，就能夠達到提神的效果，根本不用買儀器來測量。

升醣指數高的食物如白米飯、麵包、白土司、麵條、餅乾、含糖飲料、水果，容易被忽略的還有馬鈴薯、紅蘿蔔、山藥、玉米、南瓜、芋頭等，雖然被歸類在蔬菜之中，但其實它們不宜多吃，又或者說必須放在後面吃，被認為是健康食品的蜂蜜也是隱形殺手之一，如果真的想吃這些食物，可以放在最後吃，當然，量要減少才是重點，只要使用低醣飲食搭配間歇性斷食，不用注射胰島素或服用降血糖的藥物就能恢復健康，還在等什麼呢？快做就對了，別怕！

24

# 吃油真的不好嗎？

文：破風

現代的人因為工作的關係，幾乎餐餐外食，所以對油的吸收會比較偏向 Omega-6 的大豆油、葵花油等過多，而 Omega-3 的魚油、亞麻仁油與 Omega- 9 的橄欖油、苦茶油過少或不足，以上屬於不飽和脂肪酸，而豬油與椰子油屬於飽和脂肪酸，該怎麼吃最健康呢？其實是有黃金比例的，Omega-3、Omega-6 各 15%，Omega- 9 占 45%，飽和脂肪酸則是 25%。（黃金比例資料取自網路）

也就是說被妖魔化的豬油、奶油其實可以吃一些，尤其是奶油（非人工合成），如果不單獨吃，其實可以適度拿來烹調肥豬、肥牛、肥羊肉。說到這裡，一定有人不認同，不過這個數據可是國際公認的，只是肥肉被廣告詞妖魔化了。而吃油會胖也是錯誤的，人體的脂肪多半是因為過多的醣轉化的，也就是說澱粉、水果吃越多就會越胖，尤其是一日三餐至五餐的吃法時，肥胖自然會如影隨形，所以吃水果減肥絕對是大錯特錯。

Omega-3 是台灣人攝取偏少的，偏偏它有益於活化腦細胞、改善神經衰退、保護視網膜、抗憂鬱等，除了魚油，鯖魚、鮭魚、秋刀魚都是很棒的來源。Omega-6 是台灣人攝取最多的，但它卻會讓我們發炎、失智、憂鬱。Omega- 9 可以抗發炎，所以橄欖油就被認為是好油。除了橄欖油，還可以食用堅果、酪梨來攝取 Omega- 9，酪梨還可以預防心血管疾病、降低血糖、降膽固醇、保護肝臟，並含有維生素、礦物質，所以常被低醣或生酮飲食拿來替代水果。

如果真的要把身體裡的脂肪鏟除，確實地執行間歇性斷食，搭配低醣飲食與適度運動才是正確的，尤其是前面兩樣，我曾經看過一位朋友，只使用前兩項，但沒運動，他從體重 90 公斤減至 65 公斤，只不過用了八個月的時間，幾乎每個月都可以減少三公斤以上，而且他也成功維持了數年，到現在都沒有復胖，重點是他常吃炸雞，爌肉，我知道這難以相信，但事實證明，我也是這樣吃，這樣瘦下來的。

如果不能從食物補充 Omega-3，各大賣場或藥局都有販售魚油，價格並不高，幾乎沒有味道，很容易吞食。上了年紀的人，應該偶爾吃綜合維他命，還有葉黃素，尤其是現代人天天緊盯著手機，更需要 Omega-3 還有葉黃素來保護眼睛。這一篇跟間歇性斷食、低醣飲食、運動都搭在一起運用時，身體的狀況會調整的很好，雖沒有百病全消，但少了一半應該沒問題，尤其是那些會要人命的重大疾病，肯定會減少非常多。

# 25

# 賞　荷

文：曼殊

每年盛夏時節，那一大片粉色圓滾襯著大片嫩綠葉的荷塘，印襯著高潤的藍天，遠處綿延著一望無際的田野，始終是我心中難忘的一幅景象。

賞荷，最好晨起，搭車到種著荷花的郊區，還得走一段路，方能抵達種滿荷花的田地，等到下午荷花就凋謝了。但，近來的我，卻懶得熱天出門，眼看荷花一天一天地盛開，遊客開始朝四方八面湧進觀光區，我仍未提起興致出門賞荷。

北部有幾處荷花田，除了桃園最為人熟知之外，尚有淡水鄰近三芝、金山一帶的小村莊，附近散佈著一小塊荷花田，我心嚮往那一帶的風景，可以順帶欣賞鄰近小村莊依山傍海的景緻。

說到荷花和蓮花的名稱，至今我仍然未分清楚，荷花和蓮花究竟是同一種植物，還是不同種植物呢？有人解釋，荷花和蓮花是不同種植物，荷花花朵多半呈純正的粉紅色，花瓣大，一層包裹一層，枝梗挺拔立於池面上；蓮花顏色有白色、黃色、紫色，花瓣較小，幾乎浮在水面上的那種；但又有人說荷花和蓮花，其實都是指粉紅色大朵開的那種荷花而言？反正，在我心裡的劃分就成了，荷花和蓮花細分起來，就是不一樣的植物，荷花才是觀光區裡種的那種枝梗直挺在水面上，粉紅色花瓣，花型碩大，盛開時圓滾可愛的那種；雖然觀光盛地，總說成「蓮花季」，而不說「荷花季」？

終於，我還是選了一個不是週末的清晨，搭車前往三芝一帶的屯山里看荷花去了。離淡水市區約半個鐘頭的車程之外，一處僻靜幽遠的小村落就在淡金公路旁，遠眺可望見湛藍的海水，踩著小柏油路進到石頭厝內，三合院紅磚屋錯落在水泥樓房中，荷花田也座落在其間，頂著烈日當空，汗流浹背之時，仍夾雜著一陣陣吹到臉上的風，走累了，坐在放著石頭椅的大樹底下乘涼休息，飽滿的稻穗低垂，乾枯黃黃的玉米田，夏蟬和雀鳥聲響在原野間。

四周田野內分布著荷花清雅的姿影，彷彿浮現了前人詩中所形容：「接天蓮葉無窮碧，映日荷花別樣紅」的景象，從這首詩中，也可看出詩人將荷花和蓮花視作同一種植物。

雜草叢生的田中小路中，我生平第一次觸摸到荷花，以往總隔著一段距離賞荷，而這裡的荷花田，就像居民的農作物般，開在路旁，荷花近在身旁，絨絨的花瓣，嫩黃色的花蕊在中心，花瓣一片一片往中心外開著，美麗無比，忍不住湊近聞了一下，荷花本身並沒有香味，但它的姿態卻如此雅緻，色彩絢爛地開在這漫漫天地間。

踏上歸途時，我似仍停留在那會兒坐在樹下乘涼時，大地之間傳來風和鳥語草香的田原氣息。

26

# 瑞芳之行

文：曼殊

搭火車在瑞芳站下車的遊客頗多，大部份人潮都往前站出口走，斗大的招牌標示著前往「九份、金瓜石」的路線，我卻朝著另一頭標示著「瑞芳老街」的東出口走去。

但老街看起來不像一般老街那樣帶著繁華熱絡感，滄桑的街容上，零星開著幾間尚未營業的小吃店，一旁還放著資源回收的紙箱、保特瓶，數量頗多，早上八點半的時刻，只有美而美早餐店裡有客人在吃東西，我往前行，逢甲路橫行於前，我沿著一邊山壁，一邊水泥樓房的柏油路繼續走著，希望看看市區內的街道，看看附近人家。

市場內擠滿著購買菜蔬食物的當地人，廣東粥、鍋燒麵、中菜自助餐店內吸引吃早餐的民眾，愈往鄉下的地方，當地人愈愛吃傳統的清粥小菜，不過，到處林立著便利商店，賣西式早餐，如奶茶、三明治、吐司蛋的店鋪也不少，整條街人車熱絡。

我又往瑞芳市區內一座漆著藍色的大橋方向走去，這條路名較奇特，叫三爪子坑路，後面臨著一座小山，山上還留著幾座墳墓，白天在豔陽照射下，兩排密佈的房舍，顯得生氣蓬勃，看起來倒不覺得恐怖，巷口出現一間便利商店，往前過了橋頭轉角，又一間便利商店，果然店如其名的”便利”呀！我也往店內吹冷氣，買了茶類飲料，邊走邊喝，有時候，感覺也挺愜意！

走了約莫半個鐘頭左右，橋邊種著幾棵老榕樹，樹前有座漆著紅柱的涼亭，涼亭上寫著「知足常樂」的漆金黑字，不少老人在此乘涼聊天，我把背包放在圍著老榕的木圓椅上，喝了幾口水，看看手機有沒有待回覆的新訊息，樹蔭下迎面吹來幾股涼風，趨散了八月伏天的悶熱，沿路只有四層樓高的房子，天際線開闊不少，藍天上，竟無浮著半片白雲，竟一味地藍到底，風兒吹動樹葉的沙沙聲響，此刻清楚地傳進我耳內，窒悶的氣候似乎讓風趨散了不少。

坐在樹下休息片刻，老榕老人閒話家常的鄉村景致，在我看來，感到無比欣羡，住在城市內的樹木，常蒙上一層灰般，顯得暮氣沈沈，不像山野間的樹木山河散發著靈毓芬芳的氣息，我與山水相看兩不厭，有時候，希望時光停留在這片刻的寧靜美好裡，我不必趕路，我也不是過客，而是歸人，可以悠緩地在這片天地裡停留稍許。

我總歸是得走的，又回到當初來的那地方，明燈路三段上還設有常見的咖啡店，來到外地，我卻仍如往常作息般，又找到一間咖啡館坐下，打開筆電，準備了自己的工作。

那座乘涼亭下的藍天，山澗溪流潺潺，早餐店內吃食的當地居民，尚無人蹤的老街，都使我想起經過瑞芳市區時的難忘情景。

# 27

# 芭蕉詩雨

文：曼殊

淅淅瀝瀝的雨聲，落在屋頂上，彷彿夜晚的催眠曲般，有時聽著那單調重覆的音響,令人更快進入夢鄉；落在庭院外的芭蕉樹，碩大鮮綠的葉片，吹奏出「劈哩啪啦」的聲音，似乎讓下雨天，變得迷人起來了。

《紅樓夢》裡的探春，自稱最喜芭蕉，綽號「蕉下客」，古人詩詞中也很喜愛詠嘆芭蕉夜雨，吳文英〈唐多令〉道出：「何處何成愁？離人心上秋，縱芭蕉不語也颼颼⋯⋯，有明月，怕登樓⋯⋯。」宋人胡仲弓：「為愛芭蕉綠葉濃，栽時傍竹引清風；近來怕聽愁人雨，斫盡檐前三四叢。」

陰綿雨絲不絕地下著，容易陷入愁思迷惘中，許多描寫雨意的詩詞中，尤其伴著芭蕉葉片舒展的情貌，最令我留下深刻的印象。清．納蘭性德的芭蕉詩詞寫出，當雨點滴在芭蕉葉上面時，心也跟著破碎，而隨著雨聲，令他陷入了回憶往事般的情懷，詞曰：「點滴芭蕉心欲碎，聲聲催憶當初......，幽窗冷雨一燈孤⋯⋯。」倚窗獨坐，伴著詩人的只是一盞孤燈和無盡的夜雨打芭蕉，更令他心碎。

芭蕉樹在我心裡也留有不可磨滅的印象，我總憶起了兒時鄉居時，庭院內的那一棵芭蕉樹，每當下雨天時，我總愛站在庭院內，聽那雨打在芭蕉葉片上的聲響，或許前人太愛寫芭蕉詩的緣故，我總憶起那句：「窗前翠影濕芭蕉，雨瀟瀟，思無聊，夢入故園，山水碧迢迢。」不論古今之人，總愛在窗前種棵解憂的芭蕉樹。

鄉下路邊田野間，時常可見野生芭蕉樹的身影，在鄉下老人家的眼裡，芭蕉是種寶貴的植物，好種好養，而且又可以當食物吃飽，鄉下人常常在香蕉還未黃時，先割下來，放在陰涼的屋角處，等到成熟轉黃時，當點心吃。

年歲漸長之後，對芭蕉的感覺，由原先只留在觀賞的階段，轉變成喜愛它的味道了，香蕉食用時，份外方便、乾淨，又富高營養價值。古今詩人將芭蕉視為紓發情緒時的象徵代表物，我想大概是它不僅可當做庭院造景，寬大鮮綠，略微下垂的葉片，總帶給人一種寬容平和的感覺，葉大招雨的姿態，引起人諸多聯想。

不論是三月的薰風或長夏的庭院，深秋的林野間，千百年來，那飄向人間的細雨，總引發人心中的悲喜哀樂，教人忍不住的想起一位可愛的詩人蔣坦，將失眠怪到芭蕉上面了：「是誰多事種芭蕉？早也瀟瀟，晚也瀟瀟！」其妻秋芙戲謔聯了下句：「是君心緒太無聊，種了芭蕉，又怨芭蕉！」

這大概是芭蕉詩雨中最俏皮的一首了。

# 28

# 暫離台北

文：曼殊

偶爾並沒有如平日般，前往常去的那間咖啡館，每隔一段時間，我總想到一處未曾去過的地方走走。有時候，也許只是選一間沒去過的咖啡館，坐下來喝杯咖啡而已；有時候，我會想暫時離開台北，選一處不知名的小城鎮遊玩一番，再回來。

走在陌生的街道，身旁擦肩而過的路人，散發著前所未有的一種新鮮的魔力，我啞然無語。

我想離開台北，不想再看見十幾層高的樓房，密佈的公寓商場，我厭倦了，走到公園裡，看看修剪的平整的草坪，前幾日雨後才冒出來的可愛的白色圓軸草，將草地點綴得十分美觀，沒想到，幾日之後，竟被鏟除，公園又只見修剪平整的草坪，幾棵樹木圍繞，在充滿屋宇房舍的城市之間，顯得十分無力蒼茫，我無心再待在公園了。

今日，我只想離開台北。

只要離開台北都好，說實在的，到了車站，我有片刻的猶豫，北上或南下呢？

二個方向都可以，只要離開台北都好。

搜尋著北上的站名，發現瑞芳站的下一站，站名「猴硐」頗為奇特。我查詢了猴硐的地名由來，瑞芳一帶原盛產煤礦，猴硐坑，開礦於昭和 10 年（1935），據解說牌文字闡述，當地山上岩洞有猴子群居，因此被稱為「猴洞」，採礦時期，當地居民不喜歡礦坑有水，為求吉利，將水部的洞改成「硐」，就成了「猴硐」之名。

時光巍巍至今，當地已不見昔日猴子踪跡，改而變成以貓聞名之村，山村靜謐的小車站內，貓圓睜著眼，迎在出了月台外的我，手扶樓梯間，佈置著整排貓玩偶，實際上卻很少有貓的蹤影出沒，站外的礦坑博物館，反而吸引了較多人的注目，館內陳設著礦工歷史事蹟，採礦是番極辛苦又危險的工作，裝飾玻璃字板上，留下礦工自嘲的字眼：「做久了就不會怕了呀！」

錯落的村內人家，一排排水泥樓房，時而穿插著幾間石頭屋，高低起伏排列在山區，在一處煤坑故事館的坑洞前，播放著一首我許久未再想起的民歌：「風兒吹呀吹，雲兒飛呀飛，知了探出了窗兒外，小小黃鸝鳥多可愛，踩著風兒走過來……春天的腳步姍姍來，快來踢踏踩……。」瞬間我像回到兒時鄉居時光，經常和堂兄弟姊妹遊玩的情景，抓蝴蝶、摺紙飛機、放風箏、採野果，邊騎腳踏車邊唱著歌，當年經常響起的這首歌，時隔數十年，至今我竟還能記起大半歌詞。

踢踏踩呀！如今，只剩我一人，行走在這昔日的山間古道內，路旁放著白鐵做成的雙排鞦韆，我放下背包，坐在鞦韆椅上，一來一去的擺盪起來。

遙望遠處，兩棵高大的老榕樹，樹枝葉隨風飄揚，似乎對我展開了微笑。

暫時離開台北，都好。

29

# 田園之樂

文：曼殊

每個人心中都藏有一處桃花源。

當世事不盡如人意之時，面對紛擾繁雜的人間世，尋覓身心得以長久安樂的生活方式，不論滄海桑田如何變化，始終有一溫柔地方可以放心在其間徜徉，不管如何尋覓，每個人心中始終都應藏著一處對美好的嚮往，藏一處桃花源。

陶淵明在中年之時辭官，寫下歸田園詩，道出「少無適俗韻，性本愛丘山，誤入塵網中，一去三十年」。

當他回首過往，認為當官三十年是誤入了塵網，中年後心境轉為淡泊，就像倦飛的禽鳥一樣，思念著故鄉。

歸田園居寫的是小農工作的日常，像「種豆南山下，草盛豆苗稀，晨興理荒穢，帶月荷鋤歸」，田園裡草長得比豆子還茂盛，早上就到田裡耕種鋤草，到了晚上月亮出來了，才帶著斧鋤回家。

孟浩然也是一位著名的田園詩人，不過他與陶淵明不同，陶淵明返鄉耕種是經過理智思考下的抉擇，而孟浩然卻是因科考落榜，在仕與隱之間，曾做過一番掙扎，最終選擇了隱逸生活，不論如何，他仍舊在大自然裡，尋回閒適怡然之樂。

蘇東坡被貶官到黃州時，也感於官途起伏不定，寫下「老來事業轉荒唐」之語，大抵人生只有在遭逢不如意之時，才能體悟適度放下追求功名利祿之心，了不起還有一條後退路可走，大不了老子回家耕田去。

歸田園居就是那條人生的後路，這條路始終潛藏於人心深處，反正不管如何天大地大，總有一處可以安身之所，而那個地方就是每個人心中的桃花源。

詩人陸游也寫下：「山重水複疑無路，柳暗花明又一村」被後代人拿來譬喻，「天無絕人之路」，有時不再執著於追求目標之達成，減低壓力煩惱，反而有意想不到的收獲之喜。

自號稼軒居士的辛棄疾，官場上遭人彈劾失業，退居江西的帶湖，得到“人生在勤，當以力田為先”的感想，這時期他才愛上莊子的文章與陶淵明的詩，也寫下了「稻花香裡說豐年，聽取蛙聲一片」之詞。

很多人一輩子都在為建立起自己的桃花源而努力著，或者努力過，但事與願違，也或多或少都做過同樣一個夢，到鄉下買塊地，庭前種瓜果，閒錢買些酒肉，至少吃住沒煩惱。

陶淵明的抉擇也許反映了多數人心中的想法吧！

# 30

# 到淡水看海

文：曼殊

今天我想去淡水看海，坐在海邊那間星巴克喝咖啡，我想也許是別有風情吧！那天穿上我覺得最好看最舒服的外出休閒服，也許配上一雙涼鞋，可以隨自己心意，走走停停。

海灘上不是花蓮海邊的那種白細沙，而是像基隆八斗子那種岩礁分佈的岸邊，水泥人行道延伸得很長，幾十公尺外的淡水老街，分佈著各種賣吃食的店家與攤位。

穿著鮮豔海灘服的遊客，最喜歡買花枝魚丸和各式串燒烤小物食，邊走邊吃，海邊的陽光向來比市區熾熱，店員曬得黝黑的臉孔顯出當地人特有的樣貌，沿著老街緩緩而行，伴隨著海水一波一波沿岸拍襲浪打而來的聲音，我似乎又回到不知所何而為時，我就想著不如去看看海，吹吹海風吧！這樣就能撫平生活中無端湧起的愁緒。

踏在鑲嵌著石塊築壘的老街步道上，賣著古早木屐鞋，或者小漁竹簍玩物的風味小店，海邊小城鎮似乎在訴說著捕魚人的牽漁網故事，如果往郊區一帶散步，就能看到實際捕魚的小漁船，漁夫的臉面流露著生活的愁苦，似乎對觀光客露出歡樂的臉面不屑一顧般地漠然冷視著。

步行到紅毛城，幾乎已到達老街的盡頭，紅毛城古蹟已成為遊淡水的老景點之最，它是歐洲人在大航海時代，留下的殖民遺蹟。

1629 年西班牙人侵略淡水，為鞏固在北台灣的殖民事業，而在此建立「聖多明哥城」；1642 年，荷蘭人驅逐了西班牙人，在舊址重建該城，當時稱荷蘭人為「紅毛」，因此「紅毛城」之名也沿用至今。1867 年為英國所租借，乃大肆整修，並在東側建「英國領事館」，做為官邸。

紅毛城的建築似乎融合了閩南式和歐式的建築風格，主城採「外石內磚」的工法砌造，分上下二層樓，羅馬拱廊圓柱下的遊廊，散佈著咖啡藤桌椅，青草葱鬱，踩在庭院深深的門庭花園內，小提琴樂音隨風飄揚，歐洲人當年來到台灣，經歷一場生與死的惡鬥，野心終不可取，如今只留下藝術歷史古蹟，流傳千古。

耳畔恍若響起一首台灣民謠「流浪到淡水」，據傳創作這首歌時有個小插曲，創作者在寫下開頭那段「有緣無緣大家來作夥……」後就停滯了，後來在認識兩位走唱盲人歌者金門王和李炳輝後，靈思泉湧，吉他彈著彈著，旋律就出來了，幾乎在半個小時內就完成詞曲。

當不知所何而為，當心中迷惘，惶惶不知所向的時候，也許就到淡水看看海，吹吹海風，唱一曲陳明章的「流浪到淡水」，有緣沒緣的和擦肩而過的旅客，相視一笑，也許這人這輩子再也不會相遇了，那麼我們才會珍視起經常陪伴在身邊人的情誼。

國家圖書館出版品預行編目資料

夕陽醉了／葉櫻、君靈鈴、藍色水銀、破風、曼殊　合著.—初版.—
臺中市：天空數位圖書　2020.12
面：公分
ISBN：978-986-5575-11-3（平裝）

863.55　　109021760

書　　名：夕陽醉了
發 行 人：蔡秀美
出 版 者：天空數位圖書有限公司
作　　者：葉櫻、君靈鈴、藍色水銀、破風、曼殊
編　　審：璞臻有限公司
製作公司：乙文有限公司
版面編輯：採編組
美工設計：設計組
出版日期：2020 年 12 月（初版）
銀行名稱：合作金庫銀行南台中分行
銀行帳戶：天空數位圖書有限公司
銀行帳號：006-1070717811498
郵政帳戶：天空數位圖書有限公司
劃撥帳號：22670142
定　　價：新台幣 260 元整
電子書發明專利第　I　306564 號

紙本書編輯印刷：
電子書編輯製作：
天空數位圖書公司 E-mail：familysky@familysky.com.tw　http://www.familysky.com.tw/
地址：40255台中市南區忠明南路787號30F國王大樓　Tel：04-22623893　Fax：04-22623863